U0137972

初次刊载：文学界一九三九年第六卷第四号

太宰治

明治四十二年（一九〇九年）出生于日本青森县。小说家。一九三五年，作品逆行入选第一届芥川奖候选作品。翌年，第一部作品集晚年出版，后凭借斜阳等作品成为流行作家。三十九岁时于玉川上水投水自尽，留下著名作品人间失格。

绘·今井绮罗（今井キラ）

出生于日本兵库县。为时尚品牌 AngelicPretty、杂志以及小说装帧等提供作品。作品集有月行少女和少女之国以及撑裙·今井绮罗·洛丽塔作品集。凭借他人无法模仿的个人风格，获得洛丽塔少女们的认可。

清晨睁开眼睛时的心情很有趣。就像是捉迷藏的时候躲在漆黑的壁橱中，蹲着一动不动，突然，秀子[1]"嘎啦"一声把门拉开，阳光照了进来，"找到你了！"有人大喊，光很刺眼，你感到一阵奇怪的不适，心扑通扑通地跳着，随后整理好和服前襟，有些难为情地从壁橱里走出来，窝着一肚子火。就是这种感觉。不对，错了，不是那种感觉，而是一种更让人无法忍受的感觉。就像是打开一个盒子，里面还有一个小盒子，再打开这个小盒子，里面有一个更小的盒子，将这个小盒子

---

1 指太宰治的好友，日本著名女演员高峰秀子。

打开，还有一个更小、更小的盒子，再打开，还有一个盒子，就这么打开了七八个盒子，最后终于出现一个骰子大小的盒子，轻轻打开这个盒子后，里面什么东西都没有，就是一个空盒子，就是和这种感觉有些相似。

　　"啪"一下睁开眼醒来什么的，全都是骗人的。我的眼睛刚睁开时是浑浊的，随后如淀粉在水中下沉一般，渐渐地上面变得清澈了，最终疲惫地醒过来。清晨总是令人有些扫兴，许多悲伤的事情涌上心头，叫人受不了。讨厌，讨厌，清晨的我是最丑的。双腿疲软，身上有气无力，什么都不想做。可能是没睡好的缘故吧。什么清晨有益健康，就是胡扯。清晨是灰色的，一直以来都是如此，是最虚无的。清晨躺在被窝里，总是令我很厌恶这个世界。各种可耻、懊悔的事情一下子堆积在一起，堵在我的胸口，让我痛苦地扭动着身体。

清晨总是不怀好意。

"爸爸。"我小声呼喊道。我莫名地难为情起来，又有些开心，起身迅速叠好了被子。抱起被子时，我不自觉地吆喝了一声"嘿哟"，随后突然意识到，至今为止我从未发出过这类粗鄙的吆喝声。像个老太婆一样，好讨厌。为什么我会发出这种声音呢？难道我体内的某处居住着一个老太婆？真是令人不爽。以后可要多注意了。这就像对他人不雅的走路姿势皱起眉头时，却忽然发现自己也是同样的姿态，令人极其沮丧。

早上，我总是没有自信。我穿着睡衣坐在梳妆台前，没有佩戴眼镜。我看向镜中的自己，脸看上去模糊而沉静。我讨厌自己的脸上出现眼镜，但是戴眼镜又有一些不为人所知的好处。我喜欢摘下眼镜，眺望远方。眼前的一切都会变得朦胧，恍若梦境，好似万花筒里的光景，美极了。污秽之物渺无踪影，只有那些巨大的、鲜明的、带着耀眼颜色的，以及阳光闯入视野。我还喜欢摘下眼镜去看人，无论对方是谁，看起来都面带笑容，温柔而美丽。

此外，摘下眼镜的时候，我决不会与他人争吵，也不会说他们的坏话，只会默默地发呆。那时的我，在他人眼中应该是个和蔼可亲的人吧？这么一想，我便安心下来，甚至想要撒娇，内心也变得极其柔和。

不过，我还是很讨厌眼镜。一戴上眼镜，就感觉不到表情的存在。面部表达的诸多情绪，如浪漫、美丽、激动、懦弱、天真、哀愁，全都被眼镜遮盖，就连用眼神交流也成了无法实现且可笑的举动。

眼镜是妖怪。

大抵是一直不喜欢眼镜的缘故吧，我总觉得眼睛的美丽无可替代。即便没有鼻子，即便藏起了嘴巴，只要能看见那双眼睛，那双让人产生"我一定要美丽地活下去"的想法的眼睛就好。

我的眼睛只是大了一点而已，并无其他优点。每当我凝视着自己的双眼，便会感到失望，就连妈妈都说我双目无神。或许这就是所谓的"黯然无光的眼睛"吧。它们就像煤球一样，真是令人沮丧。照镜子时，我总深切盼望着自己能拥有一双含情脉脉的，像蔚蓝的湖水一般的眼睛，或是像躺在青色草原仰望苍穹的眼睛，时不时地映现出流动的白云，就连鸟儿的身影也清楚地映现其中。好想和众多拥有美丽眼睛的人相遇。

　　从今天开始便是五月，想到这里，我心里喜不自禁。好开心，夏天就要来了。我走进庭院，草莓花映入眼帘，对父亲去世这件事感到有些不可思议。死亡、消失之类的，总是叫人百思不得其解。

好想念姐姐，想念那些与我分别的人，那些很久没再见到的人。一到早上，这些过去的人和事便包裹住我，像腌菜的味道一样稀疏平常，却又拿它无可奈何。

　　嘉皮和可儿（因为是只可怜的狗，所以叫可儿）结伴跑了过来，并排坐在我面前，可我只喜欢嘉皮。嘉皮那纯白、富有光泽的毛很漂亮，可儿却很脏。在我爱抚嘉皮时，一旁的可儿一副快要哭出来的样子，这我知道。我也知道它身有残疾，但我就是讨厌它悲伤的样子。它可怜得让人受不了，所以我便故意对它不好。可儿看上去就像只流浪狗，不知什么时候就会被抓走杀掉。而且它的脚都成那个样子了，就算要逃跑，估计也很慢。可儿，快点逃到山里吧，谁也不会宠爱你的，所以还是早点死掉好了。

我不仅对可儿这样，对其他人也会做出这种恶劣的事，为难他人，刺激他人。我真是个令人讨厌的小孩。我坐在走廊上，一边抚摸着嘉皮的脑袋，一边凝神望着新生的绿叶，忽然感到一阵羞耻，好想直接坐在土地上。

我试着哭出来。我知道只要屏住呼吸，令双目充血，或许就能流出点眼泪。我试了一下，结果不行。或许，我已经变成了一个没有眼泪的女人吧。

我死心了，开始打扫房间。我一边打扫，一边哼唱《唐人阿吉》[1]，并稍微张望了一下四周。没想到素来热衷于莫扎特和巴赫的我，竟会下意识地哼起这首歌，真是有趣。先是抱起被子时吆喝"嘿哟"，然后一边打扫房间一边哼唱《唐人阿吉》，难道我已经堕落了？长此以往，不知会说出什么粗鄙的梦话。我不由得担心起来，但又感到莫名的可笑，于是停下拿着扫帚的手，一个人笑了起来。

1　指 1930 年，由沟口健二导演拍摄的电影《唐人阿吉》中出现的歌曲。

我穿上昨天缝制的新内衣，胸口处绣着一朵小小的白色玫瑰，只要穿上上衣就看不见了，谁也不会知道。为此，我很是得意。

妈妈忙于朋友的亲事，一大早便出了门。从我很小的时候开始，妈妈就经常为他人的事费心劳力。虽说我早已习以为常，但还是对她的干劲儿感到惊讶和钦佩。爸爸只会一味地读书，所以妈妈便将爸爸那一份也做了。爸爸疏于社交，妈妈则乐于与心地善良的人交朋友。二人虽有不一样的地方，却彼此尊重，可以说是一对心地善良、美好融洽的夫妇。啊啊！说大话了，说大话了。

我坐在厨房门口，呆呆地望着门前的杂树林，等着酱汤热好。然后我忽然觉得这件事以前也发生过，今后还会再次发生，就像现在这样坐在厨房门前，用同样的姿势，一边思考着相同的事，一边望着门前的杂树林。这种感觉很奇妙，仿佛过去、现在和未来汇聚在了一瞬间。而这种事时有发生。

比如正和人在房间里说话，目光扫过桌子的角落时突然停滞，只有嘴还在动。这时便会产生一种奇妙的错觉——曾几何时，在同样的状态下，谈论着同样的事，同样看向桌子的角落。并且我坚信今后也是一样，现在发生的事情又将会原原本本地出现在自己身上。当我漫步在偏远的乡间小路上时，我会觉得自己一定来过这里。当我边走边顺手摘下路旁的豆叶时，我会觉得自己过去也曾在这条路上，将这片豆叶摘下来过，并且我相信，不论我在这条路上走多少次，都会在这里将豆叶摘下。不仅如此，还有类似的事情。有次我在泡澡的时候，下意识地看了一眼自己的手，于是心想，几年后我一定会在泡澡时回想起，自己曾不经意间盯着手看，并且边看边觉得心中咯噔一下。思来想去，我的心情不由得黯淡下来。还有，某天傍晚，在我将米饭盛进饭桶里的时候，忽然灵光乍现。虽然这么说有些夸张，但总觉得有什么东西如电流般倏地穿过我的全身。

该怎么说好呢？我很想将其描述为"哲学的尾巴"。一旦被它袭击，我的大脑、胸口乃至身体的各个角落全部变得透明，生命轻飘飘地、悄然无息地沉寂下来，带着挤压凉粉时的那种柔软触感，乘着浪涛冲击着我，美丽而缓慢地扩散到全身。此时此刻，早就不是什么哲学问题了。像偷窃的猫一样无声无息地活下去——这种预感令人很不爽，甚至有些可怕。如果一直保持这种精神状态，那么不就跟被神明附体了一样吗？就像基督。不过，我可不想做什么女基督。

说到底，可能还是因为我太清闲了，没有生计上的辛劳，无法消化每天听到、见到的成百上千种感受，所以它们就趁我发呆的时候，幻化成妖怪，不断浮现出来吧？

我独自一人在饭厅吃饭。今年第一次吃黄瓜，看到黄瓜的绿色就知道夏天来了。五月的黄瓜的涩味带着让人内心空虚、痛苦、难为情般的悲哀。只要一个人在饭厅吃饭，我就会情不自禁地想坐火车去旅行。

我拿起报纸，上面刊登着近卫文麿[1]的照片。这位近卫先生看着像个好人，可我不喜欢他的相貌。他的额头不好看。我最喜欢看报纸上的图书广告。由于一句一行就要花上一百甚至两百日元的广告费用，所以工作人员都煞费苦心，力求每一字、每一句都发挥最大的效果，反复诵读、绞尽脑汁地想出点东西来。如此珍贵的文章想必世间少有吧？我看到这些文字便觉得心情舒畅，痛快非常。

1　指日本前首相近卫文麿（1891 年—1945 年），日本侵华战争的主要发动者，1945 年日本战败后，服毒自尽。

吃过饭，我将门锁好后准备去学校。虽说觉得不会下雨，但我无论如何都想带着昨天从妈妈那里要来的雨伞走在路上，便将它带上了。这把雨伞是妈妈在少女时代用过的东西。当我找到这把有趣的雨伞时，多少有些得意，真想拿着它在巴黎的商业街漫步啊。等战争结束，这梦幻般的复古雨伞一定会流行起来吧？这把伞和波奈特帽子[1]一定很搭。穿上长下摆、大开领的粉色礼服，套上黑色蕾丝长手套，再往宽帽檐的帽子上别一朵美丽的紫堇花。待到深绿时节，前往巴黎的餐厅吃午餐，然后一脸忧愁地用手轻轻托着脸颊，望着窗外往来的人群。这时，有人轻轻拍了一下我的肩膀，音乐突然响起，是《玫瑰华尔兹》[2]。啊啊，太可笑了，真是太可笑了。现实中只有一把老气的、形状奇怪的长柄伞。我真是太可怜了，就像卖火柴的小女孩一样悲惨。唉，还是去拔草吧。

---

1 帽子的一种，表现为在脸部周围有一圈突出的边缘，下端用带子固定在下巴上，材质有布料、秸秆等多种。
2 日本作曲家服部克久创作的作品。

临出门时，我拔了一些门前的杂草，也算是为妈妈义务劳动了。说不定今天会有什么好事发生。同样是草，为何有的想拔掉，而有的则想偷偷保留下来呢？可爱的草与不可爱的草，它们的外形别无二致，既然如此，我又为何要清楚地将它们分成惹人怜爱的草和可憎的草呢？这实在没什么道理可言。女人的好恶真是太随意了。

做了十分钟的义务劳动后，我急忙赶往停车场。走在田间小路上，我频频想停下来画画。中途有一段神社的林间小路，是我发现的一条捷径。我走在林间小路上，偶然低下头，发现遍地都是两寸多高的小麦。看见那些绿油油的小麦，我就知道今年也有军队来过。去年就曾有大批军队和马匹来神社的森林中休息，等过一阵子再经过时，小麦已长得和今天一样高。但这些小麦不会再往上长了，今年也是如此。它们从军队喂马的木桶中散落出来，落在地上生根发芽，长得十分纤细。这片森林极为昏暗，阳光根本照不进来，所以这些小麦最多也就长到这种程度，然后很快便会死掉。

窃取他人的东西并将其变成自己的，这狡猾的手段便是我唯一的本领。但说实话，小聪明、小把戏着实让人厌恶。兴许每天不断地失败，一味地丢脸，以后就会变得稳重一些吧。不过，即使面对那样的失败，恐怕也会牵强附会地找些借口巧妙地掩饰过去，再编出一套像模像样的理论，或许还要得意扬扬地上演一出苦情戏吧？（这段话也是我在某本书上读到过的。）

　　我真不知道哪一个才是真正的自己。当手头没有了可读的书，找不到可以模仿的样本时，我该如何是好呢？或许我会手足无措地蜷缩起身体，胡乱地抽泣吧。不管怎样，每天都在电车里胡思乱想可不行。如今，我的体内依旧残存着那讨厌的余温，叫人受不了。我知道无论如何必须得做些什么，但怎样做才能认清自己呢？以往的那些自我批评毫无意义。尝试自我批评时，一旦发现某个讨厌、软弱的地方，马上就会自我放纵、自我怜悯，认为不应该磨瑕毁玉，所以那根本算不上批评。倒不如什么都不想才更合乎良心。

这本杂志上也出现了《年轻女性的缺点》这一标题,形形色色的人都发表了见解。读着读着,总觉得是在说我自己,便不由得羞耻起来。这些作者文如其人,看着平素就很愚蠢的人,说的话也透着一股傻劲儿,而那些看照片就觉得很时髦的人,遣词造句也时髦得很。真是可笑。有时,我会一边小声笑着,一边阅读这些内容。宗教学家开篇就是信仰问题,教育学家句句不离恩德,政治家惯于引用汉诗,作家装腔作势地堆砌着华丽的辞藻。自以为是。

　　不过,他们所写的内容确实都是正确的,只是没有个性、没有深度,与正当的希望、正当的野心有着很遥远的距离。换句话说,就是没有理想。即便会进行自我批判,也没有将其与自身生活直接联系起来的积极性;不会反省,缺乏真正的自觉、自爱及自重;即使有勇气付诸行动,也未必能承受其带来的一切后果;虽然能够顺应周围的生活方式,并能巧妙地处理这些问题,但对自己以及周边的生活缺乏本该有的热爱之情;没有真正意义上的谦逊;缺乏独创性,仅仅是在模仿罢了;缺少人类本应拥有的对"爱"的感受力;故作淑女,却没有相应的气质……诸如此类,上面还写了很多。有些地方读来确实令我大吃一惊,难以否定。

然而，乐观地去思考，总觉得这里刊登的内容和他们平时的想法相去甚远，不过是随手写下似的。虽说用了大量诸如"真正意义上的"或"本该有的"等形容词，但"真正的爱"和"真正的自觉"究竟为何物，却没有清楚地写出来。这些人或许知道。既然如此，就应该更加具体地用一句话，比如"往右走"或"往左走"之类的，以权威之姿给予我们指示。若真能如此，我们必定感激不尽。我们丢失了表达爱的方法，所以与其说"这样不行""那样不行"，而是改用强势的语气命令我们"这样做"或是"那样做"，那么我们都会按照指示去做。大概他们都没有这个自信吧。在这上面发表意见的人们并不能在所有场合下都能秉持同样的意见。他们斥责我们没有正当的希望和野心，可当我们为真正的理想付诸行动时，这些人会始终坚持守护并引导我们吗？

我们隐约知道哪里才是自己该去的最好地方，哪里才是自己想去的最美地方，哪里才是自己能够大显身手的地方。我们都想拥有美好的生活，而这正是正当的希望和野心。我们还急于拥有值得信赖、不可动摇的信念。可是，身为女孩，要想将这一切全部实现，需要付出何等的努力啊。而且还要顾及妈妈爸爸、哥哥姐姐们的想法（虽说我嘴上会说"这样太古板了"之类的话，但我绝不会对自己人生道路上的长辈、老人及已婚人士有所轻蔑。相反，我还会将他们放在第二或第三的位置上），以及生活中时常打交道的亲戚、熟人、朋友，此外，还有一直以强大的力量冲击着我们的"世俗"。想过、看过、考虑过这一切后，怎么还能再吵闹着要彰显自己的个性呢？

于是我不由得想：算了，还是不要太过张扬，默默地沿着大多数普通人走过的路前进，这才是最聪明的做法。将用在少数者身上的教育实施在所有人身上，其实是件很残酷的事情。长大后我逐渐明白，学校的修身教育与社会上的规则是不同的。那些绝对遵守学校修身课上所讲的内容的人会被视为另类，被称作怪人，很难出人头地，会一直贫困下去。真的有不撒谎的人吗？如果有，那么这个人永远都是一个失败者。我的亲戚中就有一位品行端正、怀有坚定信念、追求理想、活出真正意义的人，可就是这样一个人，被亲戚们恶语相向，被当作白痴对待。我知道被人视作白痴就意味着失败，可我无法反对母亲还有其他人，无法说出自己的想法。因为那让人害怕。

小时候，只要我和他人的想法不同，就会问妈妈："为什么？"每当这个时候，妈妈总会用一句话搪塞过去，然后生气地对我说："这样可不行，跟个坏孩子似的。"并露出悲伤的神情。我也跟爸爸说过，爸爸只是一言不发地对我笑了笑，后来他好像对妈妈说："真是个特立独行的孩子。"

　　随着逐渐长大，我变得愈发谨小慎微。哪怕只是做一件洋装，我都会考虑他人的想法。至于彰显自己个性的东西，其实我一直都偷偷喜爱着，今后也想继续喜爱下去，但要我把它作为自己的所有物干脆地表现出来，那我可不敢。我想成为别人眼中的好女孩。当一群人聚在一起时，我是何等的卑微啊！我言不由衷，喋喋不休地说着违心话，因为我觉得那样做更划算。真是讨厌，真希望早点迎来修身教育改革的那天。如此一来，这份卑微，以及出于不为自己只为他人的想法而整天提心吊胆的生活就会消失了吧？

咦，那边有一个空座。我立刻将学习用具和雨伞从网架上取下，赶忙挤过去。我的右边坐着一个初中生，左边坐着一个背着孩子、穿着棉袄的阿姨。这位阿姨已然上了年纪，却化着浓妆，梳着流行的发型。她长得还算漂亮，可脖子上却堆满了黑色的皱纹，那副可怜相令人厌烦到想揍她一顿。人在站立与坐下的时候思考的事情完全不同，坐下之后，满脑子尽想着些不着边际、提不起精神的事儿。有四五个差不多年纪的上班族正心不在焉地坐在我对面，大概有三十岁吧。这帮人也很讨厌，睡眼惺忪，目光浑浊，毫无朝气可言。可若我现在对他们其中一人微笑，仅凭这一笑，我就可能会被强行拉去和他结婚，陷入窘境。女人若想决定自己的命运，只需一个微笑即可。真是可怕，简直不可思议，还是多加小心为上。

今早，我总想些奇怪的事情。从两三天前开始，我时常忍不住想起修剪庭院的花匠的脸庞。虽说怎么看都不过是个花匠，但他的脸给人的感觉就是不一样。夸张地说，他长着一张思想家的脸。他皮肤黝黑、身材结实、眼睛很漂亮、眉距比较窄，鼻子是典型的塌鼻梁，但和他黝黑的肤色很搭，看上去久经风霜、意志坚强。他的唇形也不错，只是耳朵稍微有点脏。看到他的手，才会想起这个人是花匠，可那张被黑色软呢帽深深遮盖的脸放在一个花匠身上实在是可惜了。我三番五次地询问妈妈："那个花匠从一开始就从事这份工作吗？"最后被妈妈骂了一顿。今天我用来包学习用具的包袱巾，就是花匠第一天来我家时，我向妈妈要的。那天家里正在大扫除，修理厨房的工人和榻榻米店的人也来了。就在妈妈整理衣柜时，我看见了这张包袱巾，于是便要了过来。这是一张漂亮的、很有女人味儿的包袱巾。这么漂亮的东西，用它打结太可惜了。

我坐下来，将它放在我的膝盖上，反复打量着它，抚摸着它。我很想请电车里的所有人都来看一看，可是并没有人注意到它。要是有人能来看看这张可爱的包袱巾，哪怕只是瞧上一眼，让我嫁给他都没问题。

　　一想到"本能"这个词，我就想哭。本能有着强大的力量，是我们的意志都无法撼动的。每每从各种经历中懂得这个道理时，我都觉得自己快要发疯了。该怎么做才好呢？我一脸茫然。既无法否定，亦无法肯定，只是觉得有一个庞然大物猛地从我头顶盖下，肆意地拉拽着我。我任由被它拉拽，在感到满足的同时，还有另外一种感情存在——似乎自己正带着悲伤之情凝视着这一切。

为何我们不能凭借自身获得满足？为何不能一生只爱自己呢？看着本能侵蚀着自己的感情与理性，我很难过。在片刻地遗忘自我后，剩下的只有沮丧。当我渐渐明白，这样的自己或那样的自己之中都有本能存在时，我便忍不住想哭。好想呼喊妈妈、爸爸。可是，一想到"真实"这种东西或许出乎意料地藏在自己厌恶的地方，便愈发觉得难为情。

到御茶水站了。刚走上站台，我便把所有事忘得一干二净。即便努力回想刚刚发生的事，也怎么都想不起来。再继续想下去，纵使再怎么焦虑，大脑还是一片空白。尽管那个时候似乎有什么打动了我，让我感到痛苦、羞耻，可时间一过去，就跟什么都没发生过一样。

"现在"这个瞬间很是有趣。现在、当下、此刻，就在我试图用手抓住时，它们早已离我远去，而新的"现在"又重新到来。我一边爬着天桥的楼梯，一边思索着这究竟是怎么一回事。好蠢，或许我是幸福过头了。

今早小杉老师很漂亮，和我的包袱巾一样漂亮。美丽的蓝色很适合小杉老师，胸前火红的康乃馨也让人眼前一亮。如果老师没那么"做作"的话，我会更喜欢她。她太会装模作样了，让人觉得很生硬。那样做很累吧？就连她的性格也有令人费解的地方，让人看不透。她的性格本就阴暗，却非要故作明朗，展示给他人看。可不管怎么说，她仍然是个富有魅力的女人，被安排在老师这样的位置上有些可惜。虽然她的课不如以前那样受欢迎，但我却还像以前一样被她吸引着。她给我的感觉，就像是住在山中湖畔古堡中的大小姐。讨厌，我竟然赞美她了。

为什么小杉老师的课堂如此生硬无趣呢？不会是因为脑子不好使吧？真是可悲，从刚才开始，她就围绕着爱国精神絮絮叨叨地说个没完。这种事不是明摆着的吗？不管是什么人，都深爱着生养自己的土地。无聊。我把胳膊撑在桌子上，用手托着脸颊，呆呆地望着窗外。或许是因为强风的缘故吧，云很漂亮。庭院的一角盛开着四朵玫瑰花，一朵黄色，两朵白色，一朵粉色。我呆望着这些花的时候想，人类也是有可取之处的，发现花之美的是人，爱花的亦是人。

吃午饭的时候，我们聊起了有关妖怪的话题。安边姐讲了"一高[1]七大不可思议"之一"打不开的门"的故事，吓得大家哇哇乱叫。那个故事讲的不是鬼啊、幽灵啊之类的，更多的是心理描写，有趣极了。由于闹得太过，导致我刚吃完饭又饿了，便向卖红豆面包的阿姨要了些牛奶糖。随后，大家再度沉浸在恐怖故事之中。我们所有人都对这些妖怪故事产生了浓厚的兴趣。对我们而言这是一种刺激吧。随后讲的故事并非怪谈，而是和"久原房之助[2]"有关的，真可笑。

下午的美术课上，所有人都来到学校庭院进行写生训练。为什么伊藤老师总是用那些毫无意义的事来为难我呢？今天又让我当她的绘画模特。早上我带来的那把旧伞在班上大受欢迎，大家为此闹哄哄的，结果被伊藤老师知道了，于是让我拿着这把雨伞，站在学校庭院一角的玫瑰花旁。老师好像要把我的这个样子画下来，并拿到下次的展会上。

---

1 东京第一高等学校的简称。

2 久原房之助（1896年—1965年），日本实业家，二战甲级战犯之一。战后曾为中日邦交正常化做出过贡献。久原房之助的怪异不仅表现在政治上的矛盾行为，而且其行事方法、待人接物、生活习惯等也和一般人殊异。

我只答应充当三十分钟的模特。能够帮助别人很快乐，哪怕只是一丁点儿。不过，和伊藤老师面对面相处非常累人。她说话絮絮叨叨的，大道理也多得很。或许是太在意我的存在了吧，她一边画素描一边跟我说话，全都是和我有关的内容。我连回答她都觉得麻烦，太烦人了。她是个不爽快的人，有时爱发出怪笑，明明是个老师却又很害羞，总之就是不干脆、不痛快，令人恶心。她还说什么"想起了死去的妹妹"这种话，真让人受不了。她的人品倒是不错，就是太做作了。

说到"做作"，我并不输给伊藤老师，而且还很擅长。我的水平在她之上，狡猾且巧于钻营。可那毕竟是矫揉造作，终究会感到难堪。

"我摆的姿势也太过了吧，活像个惺惺作态的撒谎老妖。"即便这样说，但那其实正是我的另一种姿态，所以我依然一动不动。就这样，我一边安分地给老师当模特，一边祈祷着："要表现得自然点，老实点。"

还是不要再读书了。如今的生活只剩下所谓的观念，那无意义的、傲慢的不懂装懂，真叫人轻蔑，瞧不起！

　　"啊，生活仿佛失去了目标。""如果能够更加积极地面对生活和人生就好了。""自己身上是不是存在着什么矛盾呢？"人们总是陷入这样的苦恼之中，但不过是多愁善感罢了。怜悯自己，安慰自己，并且高估了自己。啊，竟然让内心如此肮脏的我来当模特，老师的画一定会落选的。这幅画肯定不会好看。虽然这样想不好，但我还是觉得伊藤老师看上去就像个白痴。这个老师连我内衣上绣着玫瑰花都不知道。

　　我一言不发地保持着同样的姿势站着，没由来地想向她收取费用，哪怕十日元也好。我也很想读《居里夫人》。随后，又突然希望妈妈能够长寿。给老师当模特好痛苦，好累。

　　放学后，我与寺庙住持家的金子
小姐偷偷跑去"好莱坞"理发店剪头发。
剪完一看，发现根本没有按照我的要
求去剪，太失望了。我真是怎么看都
不可爱。好可怜，我沮丧极了。竟然
来这种地方偷偷剪头发，我简直就像
一只令人作呕的母鸡，现在后悔不已。

我们竟然会来这种地方，这分明就是在自取其辱。可寺庙家的小姐却非常兴奋。

"我就这样去相亲吧！"

她居然说出如此粗俗的话来。随后，她好像产生了错觉，仿佛已经定下来要去相亲似的。

"我这个发型插什么颜色的花好呢？"

"要是穿和服去的话，要搭配怎样的腰带呢？"

她越说越认真。可真是个无忧无虑、讨人喜欢的家伙。

"你要和谁相亲啊？"我索性也笑着询问她。

"不是有句话叫作'办事还得找行家'吗？"她很平静地回答。

"这话是什么意思？"我有些吃惊地问。

"寺庙家的姑娘自然还是嫁到寺庙里去才是最好的，一辈子都不愁吃穿。"

听到她这番回答后，我再次大吃一惊。

金子这人毫无个性可言，也正因如此，她的女人味儿很足。在学校里，她就坐在我旁边，虽说我和她并没有那么亲近，但寺庙家的这位小姐总是对大家说："她是我最要好的朋友。"真是个可爱的姑娘。她每隔一天就会寄信给我，平日里也很照顾我，我对此心存感激。但今天她闹得有些太过分了，令我很不爽。

　　和寺庙家的小姐分开后，我坐上了公交车。总觉得很郁闷。我在公交车里看到了一个讨厌的女人。她穿着一件领口很脏的和服，乱蓬蓬的红发缠在发髻上，手和脚都很脏。这人顶着一张怒气冲冲的脸，面色黑红，让我难以分辨是男是女。此外，天啊！这个女人还大着肚子。她时不时地一个人默默发笑，就像一只母鸡。偷偷跑去"好莱坞"剪头发的我，其实和这个女人并无分别。

我想起了早上乘坐电车时，坐在我旁边的那个化着浓妆的阿姨。啊，讨厌，讨厌死了。女人真讨厌。正因为我自己就是女人，所以我很清楚女人体内的那些不洁。厌恶得让我咬牙切齿。就像把玩金鱼后，手上那股令人难以忍受的腥味，怎么洗都洗不掉，就这样日复一日，最后全身都散发着雌性的体臭。一想到会变成这样，我宁肯在还是少女的时候死去。我突然很想得病，那种很重的病。汗水如瀑布般流出，身体变得又瘦又弱，这样的话说不定我就能彻底变得洁净。可只要我还活着，就难以逃脱这样的命运。感觉我似乎有点理解宗教的意义了。

　　从公交车上下来，我稍微松了口气。我实在坐不下去这些交通工具了，车里潮湿污浊的空气真让人受不了。还是大地最好，踩在土地上走着走着，就会喜欢上自己。我真是个浅薄、悠闲，而又懒散的家伙。"回家吧，回家吧，看着什么回家呢？看着田里的洋葱回家去，就连青蛙也在喊，快快回家吧。"我小声哼唱着。自己真是个无忧无虑、只会长个儿的孩子啊。我心烦意乱地想着，竟讨厌起这样的自己来。要成为一个好姑娘。

我每天都走这条乡间小路回家，对它已经熟到不能再熟了，以至于都忽略了乡下是这般宁静。这里只有树木、道路、田地。今天，我就装作是头一次来到这乡间的人，好好看一看吧。

　　假如我是神田附近一家木屐店的小姐，有生以来第一次踏入郊外的土地。这么一来，乡下看上去会是怎样的呢？这是一个很棒的设想，也是一个可怜的设想。我换上一副正经的表情，故意夸张地四处张望。走在林荫路上时，我抬头仰望着满是新生绿叶的树枝，小声发出"哇"的叫声；过土桥时，我窥视着小河，水面倒映出我的脸，我学着狗"汪汪"叫了几声；眺望远方的田地时，我眯起眼睛，陶醉地吹着风，小声感叹"真舒服啊"。途中，我在神社里稍作休息。神社的森林很暗，我慌忙站起身，缩起肩膀说着"啊，好可怕，好可怕"，然后匆忙穿过森林。森林外是如此明亮，我故意装出震惊的样子，一边提醒自己"现在所有东西对我而言都是新的"，一边入迷地走上乡间小路。

不知为何，一种难以忍受的寂寞涌上心头。我一屁股坐在路旁的草地上，紧接着，方才那些欢喜的情绪全都"哐"的一声消失了。我变得认真起来，开始静静地、慢慢地思考最近的自己。为什么最近自己如此差劲？又为什么会如此不安呢？好像总是在害怕些什么。之前还有人对我说："你变得越来越俗气了。"

　　或许吧。我确实变得差劲了，变得毫无价值了。差劲，差劲，软弱，软弱。我想猛不丁地大喊一声"哇"。啧！喊上这么一句就想掩盖自身的软弱，门儿都没有。得想想办法。或许我是恋爱了吧。我仰面朝天躺在草地上。

"爸爸。"我喊了一句。爸爸、爸爸，夕阳真好看。傍晚的雾是粉红色的。夕阳的光渗入云雾之中，再晕开，所以才变成了柔软的粉红色吧？那粉红色的云雾摇摇晃晃地流动着，一会儿钻进树木的缝隙间，一会儿漫步在道路上，一会儿又抚摸着草地，然后将我的身体轻轻包住。粉红色的光静静地照着我的每一根头发，温柔地抚摸着。比起那个，还是这片天空更美。这是我有生以来第一次对天空低头致敬。现在，我开始相信神明了。这片天空的颜色像什么呢？玫瑰？火灾？彩虹？天使之翼？伽蓝[1]？不对，并非如此，是更为庄严神圣的颜色。

1　宗教用语。原意是指僧众共住的园林，即寺院。初期的伽蓝以供奉佛陀的建筑为主体构成，而后来佛殿逐渐成为寺院的主体建筑。

"要爱这一切。"我这样想着，泪水几乎快要夺眶而出。我目不转睛地望着天空，发现天空渐渐变了样子，慢慢地现出了淡蓝色。我唯有叹息，忽而很想赤身裸体。在我眼里，那树叶、青草从未像现在这般透明、美丽。我轻轻触摸着青草。

　　好想美丽地活下去。

回到家里，发现有客人。妈妈也已经回来了。和往常一样，又不知发生了什么事，只听见一阵热闹的笑声。妈妈和我独处的时候，不管脸上怎么笑，都绝不会笑出声。但和客人说话的时候，即便面无表情，也会放声大笑。我打完招呼后，立刻绕到房后，在井边洗了手，又脱下袜子洗了脚。这时，鱼店老板来了，嘴里说着"让您久等了，承蒙关照，万分感谢"，然后把一条大鱼放在井边就走了。我不知道这条鱼叫什么，可看那鱼鳞细密，便觉得应该产自北海。我将鱼放到盘子里，重新洗手时，仿佛闻到了北海道夏天的腥臭。我想起前年暑假，去北海道姐姐家玩的事。

姐姐家在苫小牧，由于靠近海岸，家里一直充斥着鱼腥味。此刻，我的眼前清晰地浮现出傍晚时分姐姐独自在偌大的厨房里，用那双洁白的、很有女人味儿的手，熟练地做着鱼料理的样子。那时候，不知怎的我很想对姐姐撒娇，心中焦躁难耐。但姐姐那时已经生下了小年，所以姐姐早就不是我的了。一想到这里，想到再也无法抱住姐姐那纤弱的肩膀，我便感到一阵刺骨的冷风吹过，心底一片死寂。我回想起自己一声不响地站在昏暗的厨房一隅，神情恍惚地看着姐姐白皙温柔的手指。往昔的一切都令人怀念。亲人这种生物真是不可思议，如果换作他人，天各一方，渐渐地便会生疏，甚至淡忘。而对于亲人，却总会回想起一些难忘的美好回忆。

井边的茱萸果实微微泛红，估计再过两周就能吃了。去年很有意思。黄昏时分，我正摘着茱萸果吃，发现嘉皮一声不吭地看着我，我看它可怜便给了它一颗。结果，嘉皮吃了下去。我又给了它两颗，也吃掉了。真是好玩儿。我摇晃树干，果子噗嗒噗嗒地落下来，于是嘉皮不顾一切地吃了起来。它的样子好蠢。吃茱萸果的狗，我还是头一次见。我踮起脚摘茱萸果实吃，嘉皮在树下吃，太好笑了。一想到这件事，我就有些想念嘉皮。

于是我喊了一声："嘉皮！"

嘉皮听到我的呼喊，从玄关那里跑了过来。我忽然觉得嘉皮很是可爱，可爱到让人忍不住想咬一口。我用力抓住它的尾巴，嘉皮轻轻地咬了咬我的手。我有一种想哭的冲动。我用手拍打着嘉皮的额头，它没有在意，只是埋头喝着井边的水，发出"啪嗒啪嗒"的声响。

我回到房间，电灯发出朦胧的光，屋内鸦雀无声，爸爸不在家。果然，只要爸爸不在，家中就仿佛空出了一大片地方，身上难受得仿佛有蚂蚁在爬。我脱下内衣，换上和服，亲吻了一下上面的玫瑰。刚坐到梳妆台前，就听见客厅那边传来妈妈他们的笑声，我顿时无名火起。和妈妈独处时还好，但只要客人一来，她就会奇怪地疏远我，异常冷漠。每当这个时候，我就会十分想念爸爸，心里非常难过。

我看着镜子。哎呀！我的脸简直熠熠生辉。这张脸仿佛是另一个存在，与我自身的悲伤、痛苦这些情绪毫不相关，而是作为另一个个体，自由自在地活着。我今天连腮红都没涂，但脸颊却红得厉害，小巧的嘴唇也闪着微弱的红光，很可爱。我摘下眼镜，轻轻笑了笑。眼睛真好看，湛蓝湛蓝的，清澈透亮。或许是因为盯着夕阳看了许久，眼睛才变得这么漂亮吧。太棒了。

　　我喜不自禁地走到厨房，可在淘米的时候，又难过了起来。我怀念起之前在小金井的家。思念似在我胸中燃起一团火。在那个美好的家中，有爸爸，还有姐姐。妈妈那个时候也很年轻。每次从学校回来，我都会和妈妈、姐姐在厨房或茶室聊一些有趣的事。有时我会向她们撒娇，要点心吃。有时我会和姐姐争吵，挨骂后就骑着自行车跑去很远的地方，到了傍晚才回来，然后开心地一起吃晚饭。那段时光真的很快乐，不必总是审视自己，更不必为复杂的事物烦心，只管撒娇就好。那时的我心安理得地享受着何等大的特权啊。既不用操心，又不会寂寞，也不会痛苦。

爸爸非常了不起。姐姐也很温柔，我总是依赖着她。然而，随着慢慢长大，我变得讨人厌起来，那些特权也在不知不觉间消失不见了。我变得一丝不挂，好丑，好丑。我无法再对他人撒娇，心中所想尽是些痛苦的事。姐姐出嫁了，爸爸也不在了，只剩下我和妈妈。想必妈妈也很寂寞吧？

前些日子，妈妈曾说："从今以后，活着不会再有乐趣，即便见到你，我也感觉不到一丝快乐，请原谅我吧。若你爸爸不在，幸福也不会再出现了。"

蚊子出现的时候，妈妈会想起爸爸；脱下衣服的时候，妈妈会想起爸爸；剪指甲的时候，妈妈会想起爸爸；就连觉得茶水好喝的时候，妈妈也会想起爸爸。无论我怎样安慰她，或是陪她聊天，都代替不了爸爸。

夫妻之爱，是这个世上最强大的爱，比骨肉之情更加珍贵。想到这儿，我的脸红了起来。我用湿乎乎的手抓了抓头发，"咻咻"地淘着米。我打心底里觉得妈妈可爱又可怜，想好好守护她。还是赶快让这一头卷发恢复原样吧，这样或许能变长一些。妈妈一直不喜欢我短发的样子，如果把头发留长，再规规矩矩地扎起来，妈妈一定会很开心吧？可我又不想为了安慰妈妈做到这个地步。真是讨厌。仔细想想，这段日子我之所以如此烦躁，说不定和妈妈有关系。我想成为一个让妈妈称心如意的女儿，可我也不想过分讨好她。最好是即便我什么都不说，妈妈也能理解我的心情，并安下心来。无论我多么任性，也绝不会做出成为世人笑柄的事情。就算再怎么艰辛、寂寞，我也会守好规矩。我很爱妈妈和这个家，正因如此，我希望妈妈也能给予我绝对的信任，然后迷迷糊糊、不拘小节地活下去，这样就足够了。我一定会竭尽全力好好工作。这对现在的我而言，是最大的快乐，亦是生存之道。但妈妈并不信任我，依旧把我当成孩子，只要我说了孩子气的话，她就会很开心。近来也是如此。

上回也是，我可真是个白痴，还特意把尤克里里拿出来嘣嘣地乱弹给她听。妈妈竟打心底里感到高兴，还装傻调侃我："哎呀，是下雨了吗？我怎么听到雨点声了呢。"她似乎以为我真的迷上了尤克里里。看到她的样子，我顿时觉得自己很可怜，很想大哭一场。妈妈，我已经是大人了，我知道这个世间的种种事情，请放心地和我商量吧。家里的经济问题也全部向我挑明吧，只要你说"现在家里的状况不太好"，我决不会死乞白赖地闹着要买新鞋子。我会成为一个可靠、俭省的女儿。真的，我一定会做到。尽管如此……啊，我想起一首名叫《尽管如此》的歌，一个人哧哧地笑了起来。等回头神来才发现，自己竟呆呆地将双手插在锅里，像个白痴似的想东想西。

不行,不行,得赶紧给客人准备晚饭了。刚才那条大鱼该怎么处理呢？姑且先把它切成三段,涂上味噌放一旁腌着吧,腌好后再吃肯定很美味。做饭靠的是直觉。家里还剩些黄瓜,可以做一份三杯醋[1]拌黄瓜,然后再做一个我拿手的玉子烧[2]。除此之外还需要做一道菜。啊,对了,做一道洛可可料理吧。这是我自创的菜。把厨房里剩下东西,比如火腿、鸡蛋、荷兰芹、白菜、菠菜等按颜色搭配在一起,摆成漂亮的样子端出去,既方便又实惠。虽说一点儿也不好吃,却能让餐桌显得格外热闹、华丽,仿佛是一场极尽奢豪的盛宴。

1　三杯醋是用料酒、酱油和醋各一杯调和而成的调味佐料。

2　用鸡蛋、牛奶、盐、味醂、日本柴鱼酱油制作的日式鸡蛋卷。

在鸡蛋下面铺上荷兰芹的绿叶，如一片青青草原。接着，在它旁边点缀上用火腿做的红色珊瑚礁。白菜的黄色菜叶似牡丹花瓣，又似羽毛扇子一样绽开，铺在盘子上。绿油油的菠菜就像是牧场或者湖水。在餐桌上摆上两三盘这样的盘子，客人就会不由自主地联想到路易王朝[1]。当然事实没有这么夸张。反正我也做不出山珍海味，最起码让料理的外观看起来漂亮一些，以此迷惑客人的眼睛，蒙混过关。做料理，外观至关重要。只要外观好看，就能糊弄过去。即便如此，制作这道洛可可料理需要很高的艺术修养。在色彩搭配上做不到比常人更加敏锐的话就会失败，最起码也要像我这般心思细腻。

———————
1 即法国波旁王朝。

前几日我用辞典查了一下"洛可可"这个词，上面的定义是"外表华丽，实则内容空洞的装饰风格"。看完后我忍不住笑了。真是个漂亮的回答。美丽岂能兼具所谓的内容？纯粹的美总是无意义、无道德的。所以，我喜欢洛可可。

和往常一样，我做着饭，尝着各种味道。不知为何，一股强烈的虚无感涌上心头。我精疲力竭，心情格外郁闷，所有努力都达到了饱和状态。够了，够了，怎样都无所谓了。最终，我喊了一声"哎"，便自暴自弃起来。不管什么味道，什么外观，全都胡乱地扔在一起，匆忙把菜做完，然后一脸不高兴地端给客人。

今天的客人让人心里不痛快，是家住大森的今井田夫妇和他们七岁的儿子良夫。今井田先生快四十岁了，却像美男子一样有着白皙的肤色，让人生厌。他为什么要吸敷岛[1]呢？带滤嘴的香烟让我感到不洁。香烟必须无滤嘴。一个人要是吸敷岛，就连人品都要遭到怀疑。他频频抬起头将烟吐向天花板，嘴上敷衍地说着"是，是，原来如此"。他现在好像在夜校当老师。今井田夫人身材娇小，畏首畏尾，而且很粗俗。不论多么无聊的事，她都像要笑断气一样，夸张地弯下腰，整张脸几乎要贴在榻榻米上。真有那么好笑的事吗？她肯定错误地以为，那样夸张地笑趴下便是高雅的举动。

如今这个世道，这种阶级的人最让人厌烦。这就是所谓的小市民吧？就连孩子也是，卖弄着自己的小聪明，丝毫不见纯朴、充满活力的精神样貌。尽管我这样想，可还是压制住了这种情绪，对他们礼仪有加，笑容满面，一个劲儿地夸着"良夫好可爱"并抚摸他的头，仿佛在用谎言欺骗他们。如此看来，今井田夫妇或许比我更纯洁。

1　1904 年—1943 年日本制造、发售的香烟品牌。

他们吃过我做的洛可可料理后，称赞了我的手艺。为此，尽管我落寞、生气、想哭，仍要努力装出高兴的样子给他们看。过了一会儿，我也坐下来一起吃饭。那位今井田夫人执拗地说着愚蠢的奉承话，真令人反胃。我决定不再说谎。

"这个料理一点儿也不好吃。家里什么都没有，这不过是我的黔驴之计罢了。"我毫不掩饰地说出了事实，可今井田夫妇却拍手笑着说我"黔驴之计"一词用得好。我很不甘心，很想把碗筷扔掉，然后放声大哭，可还是一声不吭地忍住了，强颜欢笑着。就连妈妈都说："这个孩子，越来越能帮上忙了。"妈妈明明知道我心中的悲伤，却为了迎合今井田一家说出如此无聊透顶的话，还呵呵地笑了起来。妈妈，你不必为了讨好今井田一家而做到这种地步啊。在客人面前，妈妈便不再是妈妈，只是一个懦弱的女人。只因为爸爸不在了，就要变得如此卑微吗？

我很难过，一句话也说不出来。请你们快回去吧，请你们快回去吧。我的爸爸是个了不起的人，他很温柔，人格也很高尚。如果因为爸爸不在了就如此瞧不起我们，那就请立刻回去吧。我险些对今井田一家说出这些话。然而我也是极其懦弱之辈，给良夫切火腿，给夫人夹咸菜，如此伺候着他们。

吃完饭后，我迅速躲到厨房，开始收拾残局。我想快点一个人待着。这并非是因为我自命不凡，而是我不想强迫自己继续和那种人谈笑风生。对于那种人，我绝对没必要讲什么礼貌，不，应该说奉承。讨厌，我不想再忍下去了，我已经尽力了。妈妈今天不是也为我强颜欢笑的态度感到高兴了吗？那些就足够了吧？我是应该把社交当成社交，自己是自己，将二者严格区分开来，心平气和地对待、处理这些事情，还是即便被人恶语相迎，也绝不失去自我，绝不隐忍呢？我不知道怎样做才是对的。我好羡慕那些一辈子都生活在与自己同样懦弱、善良、温柔的人群中的人。若能毫无辛劳地过完一生，那就没有必要自讨苦吃。这样下去该有多好。

压抑自己的心情以迎合别人，想必不是一件错事，但如果从今以后每天都要逼自己对今井田夫妇那样的人强颜欢笑、阿谀奉承，我可能会发疯。我这种人肯定无法在监狱里活下去——我突然冒出了可笑的想法，别说监狱了，我连女佣的工作都做不来，更做不了别人的太太。不，太太就不同了，只要下定决心为一个人奉献一生，那么不论再怎么辛苦，哪怕皮肤晒得黝黑我也会继续拼命工作，只要能从中感受到活下去的价值和希望，即便是我也能胜任。这一点毋庸置疑。我会像只小白鼠，从早到晚为他忙个不停。我会一个劲儿地洗衣服，因为没有什么比脏衣服堆积如山更让人感到不快了。它让我焦虑，甚至歇斯底里，根本冷静不下来，有种连死都死不痛快的感觉。而当我把所有脏衣服一件不落地洗干净、挂到晾衣竿上时，我便会想：足够了，这样什么时候死都无所谓了。

　　今井田一家要回去了，似乎有什么事情，带着妈妈一起走了。妈妈也是，一口一个好的就跟去了。他们已经不是第一次利用妈妈了，真是厚脸皮，我好想揍他们一顿。我送他们到门口后，一个人呆呆地望着夕阳下的小路，心里又有点儿想哭了。

信箱里有一份晚报和两封信。一封是松板屋寄给妈妈的夏季用品甩卖广告，另一封是顺二先生寄给我的。这次他要调到前桥[1]的联队去了，让我简单地给妈妈带个好。身为军官，自然无法期待生活能有多精彩，但我很羡慕那种严格、紧凑、有规律的作息生活。身体被安排得井井有条，心情上应该会轻松许多吧？像我这样，什么事都不想做就可以甩手不做，想干坏事也没人阻拦，想读书就有无限的时间用来学习，想要的东西大部分都能得到满足。如果有人从这儿到那儿，给我画出需要努力的界限，那我的心情该有多么轻松啊。将我死死地绑住，我反倒要感谢他。某本书上曾经写道：在战地工作的士兵们只有一个愿望，那就是睡个安稳觉。士兵们的艰苦确实令人同情，但另一方面，我对此也相当羡慕。

1　日本前桥市，位于群马县的中南部。

从可憎的、烦琐的、毫无根据的思绪洪流中抽离出来，仅仅盼望着睡一个好觉，这种状态是多么纯洁而单纯啊。想想都觉得痛快。像我这样的人，起码应该体验一次军队生活，狠狠地锻炼一番，这样或许就能变成一个干练美丽的姑娘。即便没有在军队生活过，也有像小新一样真诚的孩子，相比之下，我真是个恶劣的女人。小新是顺二的弟弟，和我年纪相仿，为什么他就是个好孩子呢？在亲戚当中，不，在这个世界上，我最喜欢的就是小新。小新的眼睛看不见，年纪轻轻就失明了，真让人不知说什么好。在如此宁静的夜晚，一个人待在房间里是怎样的心情呢？我们即便感到寂寞，还可以看书、赏景，多少能够排遣一下，可小新却无法这样做，他只能默默地待着。他一直用比常人多一倍的精力努力学习，网球和游泳都很厉害，可他是如何面对此时此刻的寂寞和痛苦的呢？昨天晚上我也想起了小新，然后试着在床上闭着眼睛躺了五分钟。

尽管只是闭着眼睛躺在床上，我却感觉那五分钟无比漫长，心中甚是苦闷。可小新却不论白天黑夜，不论何时何月，都看不见东西。如果他能发个牢骚，耍个脾气，使点小性子，或许我还能开心一些，可他什么都不说。我从未听他发过牢骚或者说别人坏话。不仅如此，他还总说些积极开朗的话，露出天真无邪的表情。这反倒让我更加心痛。

我一边想着各种事情一边打扫客厅，然后去烧洗澡水。等水热的工夫，我坐在柑橘箱上，借助微弱的煤油灯亮光，把学校的作业做完了。可洗澡水还是没烧好，于是我便重新读起《墨东绮谭》[1]。书中所写之事并不令人生厌，也绝不肮脏，可字里行间都透着作者的自以为是，散发着苍老陈腐的气息。或许是作者上了年纪的缘故吧？但是那些外国作家，不管多少岁，都十分大胆而热烈地去爱对方，这反而不让人讨厌。可是，这部作品在日本应该属于"杰作"吧。作品意外地没有虚伪之处，深处还沉淀着安然的断念，读着很是清爽。在这个作家的作品中，这是最老练的一本，我很喜欢。我感觉作者是个责任感很强的人。或许是因为他太过拘泥于日本道德，反而变现出反叛之情，创作了许多令人莫名地感到不快的作品。这是用情至深之人常有的伪恶趣味。故意戴上丑陋的面具，反倒削弱了作品的色彩。不过，这本《墨东绮谭》中却有着寂寞的、不可撼动的强大。我很喜欢。

1　日本小说家、散文家永井荷风于 1937 年创作的自传体小说。该小说曾两次被改编为电影，分别于 1960 年和 1992 年上映。

洗澡水烧好了。我打开浴室的电灯，脱下和服，将窗户开到最大，然后静静地泡进浴缸里。珊瑚树[1]的绿叶从窗外探进头来，一片片树叶沐浴在灯光下，显得格外耀眼。天空中的星星闪闪发光。不管看上多少遍，都一直在闪闪发光。我仰着身子，望到出神，故意不去看身体的那片白色，可还是能隐约感觉到它切切实实地出现在我的视野之中。我沉默不语，恍然发现这和小时候的白色不太一样。我如坐针毡。肉体竟不顾自己的心情兀自成长着，这让我难以忍受，很是困惑。眼看着自己一天天长大却什么都做不了，真的好难过。难不成只能顺其自然，眼睁睁地看着自己变成大人吗？我想永远保持玩偶一般的身形。我装作小孩子，哗啦哗啦地搅动洗澡水，心情却莫名地沉重。总觉得今后没有活下去的理由，越来越痛苦。

1　又叫"早禾树"，此树原产于中国，珊瑚树耐火力较强，可作森林防火屏障，木质细软亦可做锄柄等。

庭院对面的空地上传来一声小孩子的叫喊。

"姐姐！"

带着哭腔的呼唤直击我的内心。他并不是在喊我，可我很羡慕此刻被那个孩子边哭边追赶着的"姐姐"。如果我也有一个追着我撒娇的弟弟，也不至于每天都这样难堪而迷茫地活着。我可能会更有活下去的动力，甚至可以下决心将自己的一生都奉献给他，陪伴他。不论多么艰辛我都能忍受。我独自一人卖力地想着，愈发觉得自己可怜。

我洗完澡，不知为何很是挂念今晚的星星，于是便来到庭院。漫天星辰仿佛要坠下来似的。啊，夏天就要到了，到处都有青蛙在叫，小麦也发出"沙沙"的声响。我频频抬头仰望天空，每次都能看到无数闪烁的星光。去年，不对，不是去年，已经是前年的事了。我任性地说想去散步，爸爸虽然生着病，可还是和我一同出去了。一直以来都很年轻的爸爸教我用德语唱了一首小曲儿，意思是"你活一百岁，我活九十九"。他还给我讲星星的故事，又即兴作了一首诗。他拄着拐杖，唾沫"噗噗"地往外冒，一边眨着眼睛一边和我走在一起，真是个好爸爸。

我默默地仰望星空，清晰地回忆起和父亲有关的事。那之后又过了一两年，我逐渐变成了一个坏女孩，有了许多只有我一个人知道的秘密。

　　回到房间，我坐在桌前，托着脸颊，凝视着桌子上的百合花。好香的气味。闻着百合花的香气，即便再怎么无聊也绝不会产生肮脏的想法。这支百合花是我昨天傍晚散步到车站，往回走的时候从花店买的。买回来后，我的屋子简直就像换了一间似的，顿时清爽起来。拉开隔扇，一下子便能闻到百合花的清香，让我的心情好了许多。我就这样一直盯着它，真的从意识上以及肉体上感受到了超越所罗门的荣华。

我突然想起去年夏天在山形县的事了。爬山时，我看见悬崖的半山腰上盛开着一大片百合花，不禁十分震惊，看入了迷。但我深知自己无论如何都登不上那陡峭的悬崖，所以即便被那些百合花吸引也别无他法，只能在远处眺望。那个时候，刚好附近有一位不认识的矿工，只见他一言不发地爬上悬崖，眨眼间就摘下了两只手都抱不住的一大捧百合花。然后他笑也不笑，就把花塞给了我。那捧花好大好大。不论在多么豪华的舞台或者结婚典礼上，都没有人收到过这么多花吧？那一刻，我头一次明白什么叫被花熏得头晕眼花。当我使劲张开双臂，抱住那一大把白色花束时，面前的东西全都看不到了。那人真是亲切。不知道那位让我感动的年轻矿工现在过得怎么样了。从那么危险的地方摘下花给我，仅凭这一点，每当我见到百合花时，就一定会想起那位矿工。

我打开桌子的抽屉乱翻一气，发现了去年夏天的扇子。白色扇面上画着一位元禄[1]时代的女人，她很随意地坐着，身边有两簇绿色的酸浆果。去年夏天的光景忽地自扇中袅袅腾起。在山形县的生活、火车里、浴衣、西瓜、河川、蝉鸣、风铃。我突然很想拿着这把扇子坐火车。打开扇子的感觉很痛快，啪啦啪啦地分开扇骨，忽然就变得轻盈起来。我正拿着扇子转着玩的时候，妈妈回来了，她的心情还不错。

"啊，累死了累死了。"她这样说着，脸上却没有不快之色。没办法，她就是喜欢替别人办事儿。

"那件事儿还真不好说啊。"她一边说，一边脱下衣服走进浴室。

妈妈洗完澡后，和我一起坐着喝茶，脸上带着奇怪的笑容。我正想着妈妈要说什么，她便开口了。

1　元禄，日本年号之一，指 1688 年—1704 年这段时间。

"前几天你不是说想去看《裸足少女》[1]吗？想看的话就去看吧。不过作为交换，今晚要给妈妈揉揉肩膀。干完活儿再去，岂不是更开心？"

我高兴得不得了。我一直想去看《裸足少女》那部电影，但最近光顾着玩儿了，所以有点儿心虚。这些妈妈全都看在眼里，所以才给我安排活儿干，好让我能光明正大地去看电影。我真的好开心，好爱妈妈。我自然而然地笑了起来。

我感觉已经很久没有像这样和妈妈一起度过夜晚了，她的应酬太多了。妈妈应该也不想被世人小瞧，所以在很多事上才一直如此努力。在给妈妈揉肩时，她的疲惫似乎传递到了我身上，让我明白了她的辛苦。我要好好对待妈妈。方才今井田一家来的时候，我还在暗地里埋怨妈妈，想来真是羞愧。"对不起。"我小声嘀咕道。一直以来，我只会考虑自己，恃宠而骄，蛮横不讲理。每逢那些时候，妈妈心里该有多么痛苦、多么难过啊。可我却总是拒绝她。

---

1 1935 年上映的一部捷克斯洛伐克的悲情电影。

自从爸爸去世，妈妈真的变软弱了。我总说自己痛苦、难受，完全依赖着妈妈，可当妈妈想稍微依靠我的时候，我的心情却像见到了讨厌的脏东西一样。我真的是太任性了。不论是妈妈还是我，同样都是软弱的女人啊。从今天开始，我要满足于只有我和妈妈两个人的生活，时时刻刻为妈妈着想，和她聊聊从前，还有爸爸的事。哪怕只有一天也好，我要努力以妈妈为中心过日子，然后从中感受到生存的价值。虽然我在心里很关心妈妈，想成为一个好女儿，但在言行上，我就是一个任性的孩子。尽管如此，在最近这段时间里，我甚至不再像小孩子那般纯洁清澈，心里想的尽是些肮脏、令人羞耻的事。那些痛苦、烦恼、寂寞、悲伤，都是些什么呢？确切地说，就是死亡。尽管我十分清楚，却连一个类似的名词或形容词都说不出口，只是一味地张皇失措，末了便大发脾气，搞得煞有介事似的。以前的女人总被恶意辱骂为奴隶、没有自我的蝼蚁、人偶，但和现在的我相比，她们自始至终都拥有女人该有的样子，她们有容乃大、睿智，她们懂得如何隐忍，懂得自我牺牲的纯粹美，也深谙不计回报的奉献之喜悦。

"啊，真是个不错的按摩师。你很有天赋呢。"妈妈像往常一样调侃我。

"是吗？因为我很用心啊。不过，我擅长的可不仅仅是按摩，只会这个可太让人心里没底儿了。我还有更厉害的本事。"

我想到什么，便直截了当地说了出来。这些话在我耳边爽朗地响起。这两三年来，我从未如此天真无邪地说出自己的心里话。我高兴地想：或许只有在认清自我并放弃挣扎后，才能迎来一个平静的、崭新的自己。

今晚，为了在各种意义上对妈妈表示感谢，按摩结束后，我又为她读了一会儿《爱的教育》[1]。妈妈知道我在读这种书后，脸上果然露出了安心的神情。前些天，在我读凯塞尔[2]的《白日美人》时，她一声不吭地从我手上把书拿走，看了眼封面，表情很是阴沉，不过她并没有说些什么，随后又把书还给了我。但我已然不悦，也没了继续读下去的心情。妈妈分明没有读过《白日美人》，即便如此，她还是凭直觉知晓了一些。

1　意大利作家埃迪蒙托·德·亚米契斯创作的长篇日记体小说。写的是小学四年级学生安利柯一个学年的生活，期间穿插着老师每月给学生讲述的"故事"，还有父母为他写的许多具有启发意义的文章。

2　约瑟夫·凯赛尔（1898 年—1979 年），法国记者、小说家。

夜晚，在一片宁静之中，我独自朗读着《爱的教育》，自己的声音听上去响亮而呆板。我读着读着，时而感到有些无聊，在妈妈面前不由得羞愧起来。周围实在太安静了，这就显得自己愈发愚蠢。《爱的教育》这本书，不论什么时候读，我都能感受到小时候初次阅读时的那份感动，内心仿佛也变得纯真清澈了。虽然这种感觉很不错，但放声朗读和默读的感觉很不一样，它令人震惊、为难。不过，妈妈在听到与安利柯和卡隆有关的情节时，竟然低头落泪了。我的妈妈和安利柯的妈妈一样，都是了不起的、美丽的妈妈。

　　妈妈先回房睡觉了。她今天一大早便出了门，想必很累吧。我帮妈妈铺好被子，又啪嗒啪嗒地拍了拍被子边缘。妈妈总是一上床就立刻闭上眼睛。

随后，我来到浴室里洗衣服。这段时间，我有了一个奇怪的癖好，非要等到快十二点了才开始洗衣服。我总觉得白天哗啦哗啦地洗衣服浪费时间很可惜，不过也说不定正相反。透过窗户能看见月亮。我蹲在地上，一边吭哧吭哧地搓洗衣服，一边偷偷地对月亮傻笑。月亮一副漠不关心的样子。突然，就在同一个瞬间，我坚信在某个地方，也有一个可怜、寂寞的姑娘在一边洗衣服，一边偷偷地对月亮傻笑。那是住在偏远乡下山顶上的一户人家。深夜里，一个苦命的小姑娘正静悄悄地在房后洗着衣服。此外，在巴黎小巷的一所肮脏公寓的走廊上，也有一个和我年纪相同的姑娘，正独自一人悄悄地洗着衣服，对月亮傻笑。我对此深信不疑，就像是用望远镜亲眼看到了一样，连颜色都异常鲜明、清晰地浮现在我脑海中。我们的痛苦，其实无人知晓。如果现在变成大人，那些痛苦和寂寞或许便会显得可笑、渺小，让人可以不以为然地追忆。但在成为大人前，在这段漫长、令人厌恶的时间里，我们又该如何生活呢？没有人来告诉我们。

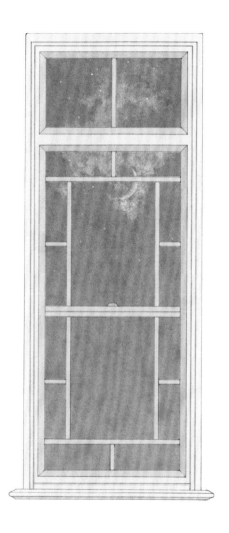

　　莫非这是一种荨麻疹那样的病，除了置之不理，别无他法？可是，有人因荨麻疹而死去，也有人因荨麻疹而失明。这种病不可以置之不理。我们终日郁郁寡欢，时而大发脾气，渐渐地，有人走上歧路，颓废、堕落，造成无法挽回的遗憾，过着乱七八糟的人生。甚至，还有人会因一时冲动，选择自杀。

真到了那种时候，世人只会惋惜地说："啊，如果能再多活几年就会明白了，只要再长大一点自然就都明白了。"可对当事者来说，那是多么大的痛苦啊。尽管如此，我们还是忍了下来，拼命地侧耳聆听，想从这个世间听到些什么。然而，世人却总是重复着那些不痛不痒的训言，只会以"好啦，算了吧"来劝诫我们，我们总是羞耻地品尝着承诺落空的滋味。我们绝不是享乐主义者。你若指着那遥远的山巅说"走到那里便能见到壮阔的美景"，我们必定会认为你所言甚是，绝非在欺骗我们。可是现在，我们正经历着剧烈的腹痛，你们却对此视而不见，只是说"好了好了，再忍耐一下，到达那座山的山顶就会好了"。

　　肯定有人搞错了，都是你们不好。

我洗完衣服，又打扫干净浴室。当我悄悄拉开房间隔扇时，闻到了百合花的清香，身体顿时轻松了不少，就连内心都变得透亮起来，仿佛化身成了"崇高的虚无"。我静悄悄地换上睡衣，本以为睡得很沉的妈妈却突然闭着眼睛说起了话，把我吓了一跳。妈妈有时会这样吓唬我。

"你之前说过想要一双夏天的鞋子，今天我去涩谷的时候顺道看了一下。现在就连鞋子都变贵了呢。"

"没事，我现在已经没有那么想要了。"

"不过，没有的话会不方便吧？"

"嗯。"

明天又是相同的一天吧。幸福，这辈子也不会来了。我很清楚这一点。不过，还是抱着"它一定会来，明天就会来"的信念入睡更好吧。我故意发出很大的声响，重重地倒在被子上。啊，好舒服。因为被子是凉的，所以背上也恰到好处的凉爽，意识在不知不觉间便恍惚起来。

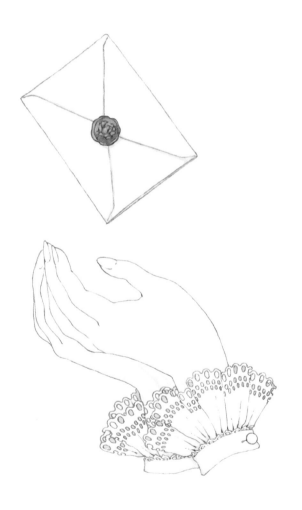

"幸福会迟到一夜。"我
迷迷糊糊地想起了这句话。
一直等待着幸福，最后忍无
可忍地跑出了家门，可转天，
美好的幸福讯息便造访了那
个被舍弃的家，然而一切都
太迟了。幸福会迟到一夜。
幸福……

庭院中响起了可儿的脚步声，啪嗒、啪嗒、啪嗒、啪嗒。可儿的脚步声很有特点，它的右前腿比较短，两条前腿还弯成了 O 型，所以连脚步声也带着寂寥。在这样的深夜，它时常在庭院里四处徘徊，也不知究竟在做什么。可儿很可怜。今天早上我还捉弄它，明天就多宠爱它一些吧。

　　我有一个可悲的习惯，如果不用双手盖住脸就无法入睡。于是我将脸盖住，一动不动地躺着。

　　坠入梦境的感觉很奇怪，就像鲫鱼或鳗鱼反复用力拉扯鱼线那样，似乎有种如铅块般沉重的力量用线拽着我的脑袋。当我就要迷迷糊糊地睡过去时，它会稍微把线松开，于是我霎时间又恢复了精神。它再次用力拉扯，我又迷迷糊糊地睡着。然后它又把线稍微松开。就这样重复了三四次，这才使劲儿一拉，让我一觉睡到天亮。

晚安。我是没有王子的灰姑娘。你知道我身处东京的何处吗？我们再也不会相见。

文豪绘本

樱花凋落，每到叶樱时节，我就会想起——

《叶樱与魔笛》

[日] 太宰治 著　　[日] 纱久乐佐和 绘

岛根县的某个小镇上，
住着一对姐妹。
患病的妹妹藏着一个秘密。

"此声，莫不是吾友李徵？"

《山月记》

[日] 中岛敦 著　　[日] 猫助 绘

袁傪在旅途中与旧友李徵再会。
李徵本是一位美少年，
如今却已成异类之身。

"你为了什么而活？"

《鱼服记》

[日] 太宰治 著　　[日] 猫助 绘

有一座地图上都不曾标记的小山，
山脚处有一个村庄。
烧炭家的女儿思华，
和父亲两个人一起生活。

JOSEITO by OSAMU DAZAI

Illustrations copyright © 2016 KIRA IMAl
Originally published in Japan by Rittorsha

Simplified Chinese translation rights arranged with Rittor Music,Inc.
through AMANN CO.,LTD.

图书在版编目（CIP）数据

文豪绘本 . 花之卷 . 女生徒 / (日) 太宰治著 ;(日) 今井绮罗绘 ; 温雪亮译 . – – 北京 : 台海出版社 ,
2023.7
ISBN 978-7-5168-3587-6

Ⅰ . ①文… Ⅱ . ①太… ②今… ③温… Ⅲ . ①短篇小说 – 日本 – 现代 Ⅳ . ①I14

中国国家版本馆 CIP 数据核字 (2023) 第 115195 号

文豪绘本 . 花之卷 . 女生徒

著　　者：[日] 太宰治	译　　者：温雪亮

出 版 人：蔡　旭	封面绘制：[日] 今井绮罗
责任编辑：员晓博	封面设计：纽唯迪设计工作室

出版发行：台海出版社

地　　址：北京市东城区景山东街 20 号　　　邮政编码：100009

电　　话：010-64041652 (发行、邮购)

传　　真：010-84045799 (总编室)

网　　址：www.taimeng.org.cn/thcbs/default.htm

E – m a i l：thcbs@126.com

经　　销：全国各地新华书店

印　　刷：北京盛通印刷股份有限公司

本书如有破损、缺页、装订错误，请与本社联系调换

开　　本：880 毫米 ×1230 毫米	1/24
字　　数：46 千字	印　　张：3.75
版　　次：2023 年 7 月第 1 版	印　　次：2023 年 11 月第 1 次印刷
书　　号：ISBN 978-7-5168-3587-6	

定　　价：192.00 元 (全 4 册)